Leselöwen

Heike Wiechmann

Das Geheimnis der Räuberhöhle

Illustriert von Franziska Harvey

Loewe

AF721596

Inhalt

Im Schatzwald

„Der **Urlaub** ist langweilig“, mault Tim.
Auf dem Campingplatz sind keine Kinder in seinem Alter.

„Frag doch den Jonas,
ob er mit dir spielt“, sagt Mama.
Aber Jonas ist schon zwölf.
Und immer allein unterwegs.
Der will bestimmt nicht
mit Tim spielen.

„Dann **gehen** wir mit Pauli **Gassi**“,
schlägt Mama vor.
Pauli ist Omas Hund.
Zum Zelten kommt er immer mit.
Im Wald gibt es uralte Bäume
und viele Felsen.
Pauli schnuppert überall.

„Schau mal!“, ruft Mama.
In einer Felswand ist
ein großes Loch.
Davor ist eine Gittertür.
Tim späht hindurch.
Im Loch ist es stockdunkel.

Da kommt Jonas um die Ecke.
Er ist oft allein im Wald.
„Ist das eine Höhle?“,
fragt Tim ihn.

Jonas nickt.
„Aber da gibt's nichts zu sehen",
sagt er. „Die Höhle
ist nicht tief und
das Gitter ist immer zu."

„Der Wald ist genauso **öde**
wie der Campingplatz“,
murrt Tim auf dem Rückweg.
Aber am nächsten Morgen
findet Tim den Wald
auf einmal richtig spannend.

„Der Wald heißt Schatzwald“,
erzählt Mama da.
„Hier gab es früher einen Räuber.
Man sagt, sein Schatz liegt
immer noch im Wald versteckt.“

Beim Abwaschen treffen sie Jonas.
„Ich will den Räuberschatz suchen.
Hast du Lust, mitzumachen?“,
traut Tim sich zu fragen.
Jonas lacht laut.
„Schatzsuche – so ein Kinderkram!
Das kannst du alleine spielen.“

„Na und?“, denkt Tim.
„Vielleicht finde ich den Schatz.“
Außerdem hat er
sowieso nichts Besseres vor.
Er nimmt Pauli an die Leine.
„Nimm das zweite Handy mit“,
sagt Mama. „Für alle Fälle.“

Die Verfolgungsjagd

Tim durchstreift den Wald.
Er findet einen **Hochsitz**
und zwei alte Papierkörbe.
Keine guten Verstecke
für einen Schatz.
Pauli kläfft. Er will spielen.
Tim wirft einen blauen Ball.

Pauli wühlt im Laub
und zwischen den Tannen.
Den Ball findet er nicht.
„Du bist ja ein toller Spürhund“,
lacht Tim. Er sucht mit.
Doch der Ball
bleibt verschwunden.

Auf einmal sieht Tim Jonas
den Waldweg entlangkommen.
Immer wieder blickt er sich um.
„Er passt auf, dass niemand
ihn verfolgt“, denkt Tim. Warum?
Tim nimmt Pauli an die Leine
und schleicht hinterher.

Jonas geht zur Höhle!
Er zieht eine Lampe und
einen Schlüssel aus der Tasche.
Dann öffnet er das Schloss
und verschwindet
in dem Höhleneingang.

„Warum hat Jonas den Schlüssel?“,
wundert sich Tim.
Gestern hat er noch gesagt,
dass die Höhle nicht tief sei.
Und immer verschlossen!

Tim bindet Paulis Leine
an einen Busch. Pauli winselt.
„Sitz!“, flüstert Tim.
Dann geht er hinter Jonas her
in die dunkle Höhle.

Tim tastet sich langsam voran.

Etwas streift seine Haare.

Tim presst die Lippen zusammen.

Bald sieht er Licht vor sich.

Es kommt von Jonas' Lampe.

Tim hält die Luft an.

Leise schleicht er hinter Jonas her.
Immer tiefer in die Höhle hinein.
Sogar Loren gibt es hier.
Das sind kleine Eisenbahnwaggons.
Damit haben die Bergleute früher
Steine und Felsen befördert.

Irgendwann bleibt Jonas stehen.
Er zieht eine Karte aus der Tasche,
holt einen Spaten aus einer Nische
und fängt an zu graben.
„Er sucht den Schatz!“, denkt Tim.
Die Karte ist eine Schatzkarte!

Tim schleicht vorsichtig näher
und greift die Karte.
Auf einmal stolpert er
über etwas Weiches.
Es ist Pauli! Er hat sich losgerissen
und ist ihm gefolgt.
„Aah!“, schreit Tim und fällt.

Gefangen!

Jonas fährt herum.
Seine Lampe leuchtet Tim
mitten ins Gesicht!
„Du spionierst mir hinterher!“,
ruft Jonas.

„Von wegen Schatzsuche
ist Kinderkram", kontert Tim.
„Du wolltest allein
nach dem Schatz suchen!"
„Na und?", zischt Jonas.
„Gib die Karte her!"
Pauli knurrt. Da läuft Tim los.

Jonas ist Tim dicht auf den Fersen.
„Wo ist der Ausgang?“,
denkt Tim gehetzt.
Linksrum oder doch rechts?
Tim läuft immer tiefer
in das Bergwerk hinein.
Pauli folgt ihm.

Hinter sich hört er Jonas keuchen.
Das Licht seiner Lampe
hüpft auf und ab.
Es wirft gespenstische Schatten
an die Wand.
Tim quetscht sich
an einer alten Lore vorbei.

Der Gang wird immer schmaler.
Tim stolpert.
Auf einmal ist Jonas da.
Drohend beugt er sich über Tim.
„Her mit der Karte,
du Dieb!“, zischt er.

Pauli kläfft. Tim rappelt sich auf.
Feindselig starren
die beiden Jungen sich an.
Plötzlich hören sie ein Rumpeln.

Jonas leuchtet
in den Gang hinter ihnen.
Die Lore rollt auf sie zu.
„Weg hier!“, ruft Jonas
und rennt um die nächste Ecke.
Tim nimmt Pauli auf den Arm
und läuft hinterher.

Direkt in eine **Sackgasse**!
Hinter ihnen kracht
die Lore gegen eine Felswand.
Felsbrocken prasseln auf den Boden.
„Der Gang stürzt ein!“,
ruft Tim und duckt sich.

Überall ist Staub.
Die Jungen husten
und reiben sich die Augen.
„Das ist alles deine Schuld“,
sagt Jonas gepresst.
„Los, wir müssen hier raus,
bevor der Gang ganz einstürzt.“

Tim nickt wortlos.
Gemeinsam untersuchen sie
den Steinhaufen.
Doch es gibt nicht
die winzigste Lücke.
Felsbrocken versperren den Rückweg.
„Wir sind gefangen!“, wispert Jonas.

Plötzlich rutscht Jonas die Lampe
aus der Hand. Glas splittert.
Dann ist es dunkel.
„Wir kommen nie wieder hier raus!“,
heult Jonas. „Und niemand weiß,
wo wir sind.“
„Wauu!“ Pauli heult auch.

Schaurig hallt es
von den Wänden wider.
Tim atmet tief durch.
Er tastet nach Jonas und legt ihm
die Hand auf die Schulter.
„Jetzt müssen wir zusammenarbeiten.
Los, wir schaffen das!", sagt er.

Ende gut – alles Gold!

„Was können wir tun?“, überlegt Tim
und stemmt die Hände in die Hüften.
Da fühlt er, dass etwas
in seiner Hosentasche steckt.
Es ist Mamas Handy!
Tim zieht es heraus.

„Kein Empfang“,
blinkt auf dem Bildschirm.
Aber das Handy hat eine Lampe.
Tim knipst sie an.
„Vielleicht können wir die Steine
zur Seite räumen“, sagt er.

Pauli fängt gleich an zu graben.
Aber Jonas schüttelt den Kopf.
„Pfeif den Hund zurück,
sonst bricht hier alles zusammen“,
ruft er ängstlich.

„Hierher!“, ruft Tim.

Pauli kommt.

Er hält etwas Blaues im Maul.

„Der Ball!“, sagt Tim.

„Pauli hat ihn vorhin

im Wald verloren.

Wie kommt der in die Höhle?“

„Es muss eine Spalte geben!“,
ruft Jonas aufgeregt.
„Der Ball ist von oben
in den Gang gefallen.“
Tim leuchtet nach oben.
Tatsächlich! Dort klafft
ein großer Spalt im Fels!

„Wir klettern rauf“,
sagt Jonas entschlossen.
Tim nimmt Pauli auf den Arm.
„Pauli kann nicht klettern“,
sagt er.
„Und ich lasse ihn nicht allein.“

„Gib her“, sagt Jonas.
Er nimmt Pauli und steckt ihn
vorne in seinen Pullover.
Nur der Hundekopf guckt heraus.
Tim reckt sich und greift
nach einem Felsvorsprung.

Dann sucht er Halt mit seinem Fuß.
Es klappt.
Langsam zieht Tim sich in die Höhe
und in den Spalt hinein. Jonas folgt.
Es geht steil nach oben.
Mal ist es eng, mal ganz breit.
Mal ist Tim vorn, mal Jonas.

Schweigend klettern sie.
Tim streckt die Hand über den Kopf
und sucht einen Halt.
Da ist etwas,
das sich wie ein Griff anfühlt.
Tim packt zu. Der Griff gibt nach.

Und auf einmal rieselt etwas
von oben auf die Jungen.
Immer schneller prasseln Schmuck,
Münzen und Edelsteine
auf ihre Köpfe.
„Der Schatz!“, ruft Jonas.
„Den holen wir später“, sagt Tim.

Endlich sind sie draußen.
Erschöpft werfen sie sich ins Gras.
„Tim, Jonas, da seid ihr ja!“
Jonas’ Vater kommt angelaufen.
Tims Mama ist bei ihm.

„Wir haben euch überall gesucht“,
sagt sie. „Wir haben
ein schreckliches Rumpeln gehört.
Und Pauli hat geheult.
Aber wir wussten nicht,
woher das Heulen kommt.“

Um Tims Hals hängt eine Goldkette.
Jonas hat eine Krone auf dem Kopf.
„Ihr seht aus wie Könige!“, ruft Mama.

„Jonas und ich haben
den Schatz gefunden“, sagt Tim.
Er lacht und zeigt in den Spalt.
„In der Höhle liegt noch viel mehr!“

Fragen und Antworten

Wie alt ist Jonas? Rechne aus und kreuze an.

- ☐ 20-7= _____
- ☐ 18-6= _____
- ☐ 8+6= _____

Antwort: 18-6=12

Lies genau in Spiegelschrift. Wie findet Tim den Wald zunächst? Kreise ein.

ɘböld   böld   ɘbö

Antwort: öde

Welche Farbe hat der Ball,
den Tim für Pauli wirft?
Kreise ein.

Antwort: blau

Was nimmt Tim Jonas in der Höhle weg?
Bringe die Buchstaben in die richtige
Reihenfolge.

RATZEKATSCH

Antwort: Schatzkarte

Wo sind Tim und Jonas, als sie das Rumpeln
hören? Trage die fehlenden Buchstaben ein.

BER_WER_

Antwort: Bergwerk

Was sagt Jonas zu Tim? Kreuze an.

- [ ] Mein Freund
- [ ] Du Idiot
- [ ] Du Dieb

Antwort: Du Dieb

Woran erkennen die Jungs, dass es einen Weg nach draußen gibt? Kreise das Wort in der Buchstabenschlange ein.

HANDBALLSPIELZEUG

Antwort: Ball

Was tragen die Jungs, als sie aus der Höhle klettern? Verbinde die Namen mit den richtigen Gegenständen.

TIM JONAS

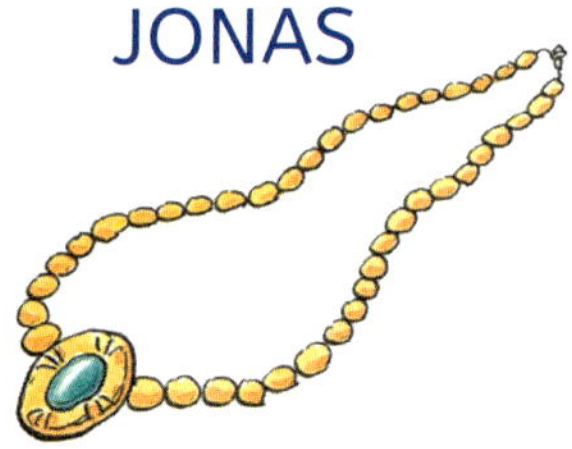

Antwort: Tim: Goldkette, Jonas: Krone

Was sagt Tims Mutter am Ende zu den Jungs?
Bringe die Silben in die richtige Reihenfolge.

Ihr seht aus wie NI GE KÖ

Antwort: Könige

Findest du die vier Wörter aus der Geschichte im Buchstabengitter?

R	Ä	U	H	G	H	U
W	E	E	B	I	Ö	S
F	W	A	L	D	H	C
A	S	B	E	M	L	H
L	K	R	O	N	E	A
Q	U	I	D	F	O	T
K	Ö	N	E	D	E	Z

Antwort: Wald, Höhle, Schatz, Krone

Schon gewusst?

Urlaub (Seite 6):

In der Schule bekommt man Ferien, Erwachsene können sich Urlaub nehmen. Dann müssen sie nicht zur Arbeit. Bis vor ungefähr hundert Jahren war das noch anders. Kinder hatten zwar Schulferien, aber Erwachsene mussten immer arbeiten. Nur an den Feiertagen hatten sie frei.

Gassi gehen (Seite 8):

Mit seinem Hund Gassi zu gehen heißt nichts anderes, als mit ihm auf der Straße spazieren zu gehen. Gassi kommt nämlich von Gasse, und das ist ein anderes Wort für eine kleine Straße.

ö_de (Seite 12):

Öde heißt eigentlich, dass ein Ort menschenleer und verlassen ist. Daher kommt das Wort Einöde. Man kann damit aber auch sagen, dass man etwas langweilig findet.

H_ochsitz (Seite 16):

Hochsitze sind kleine Holzhäuschen auf hohen Stelzen, die bei der Jagd genutzt werden. Dort oben sind die Jäger gut versteckt und sehen gleich, wenn sich Tiere nähern.

Sackgass_e (Seite 33):

Eine Straße, in die man nur von einer Seite fahren kann und die irgendwann einfach endet, nennt man eine Stichstraße. Viele Leute nennen sie auch Sackgasse, weil sie wie ein Sack nur zu einer Seite offen ist.

Blättere schnell um und trage die unterstrichenen Buchstaben in der richtigen Reihenfolge in die Kästchen ein!

Das Leselöwen-Lösungswort

Besuche den Leselöwen auf **www.leseloewen.de** und trage die unterstrichenen Buchstaben von den Seiten *Schon gewusst?* in der richtigen Reihenfolge in die magische Box ein.

H				

Wenn du das Lösungswort gefunden hast, kommst du auf die geheime Seite mit vielen weiteren Spielen und Rätseln!

Der **Leselöwe** freut sich auf dich!

Jetzt online!

Heike Wiechmann wuchs an der Ostsee auf. Nach einem Studium der Pädagogik und Illustration arbeitete sie als Spielzeugdesignerin und reiste dabei um die halbe Welt. Heute schreibt und illustriert sie Kinderbücher und lebt mit ihrer Familie in Lübeck. Mehr über Heike Wiechmann findet ihr auf ihrer Homepage www.heike-wiechmann.de.

Franziska Harvey, geboren 1968, studierte Grafikdesign an der Fachhochschule Wiesbaden und arbeitet seitdem als freie Illustratorin für verschiedene Agenturen und Verlage. Heute illustriert sie hauptsächlich Kinderbücher und lebt mit ihrer Familie in Frankfurt am Main.

2. Klasse

Leselöwen

Geübte Leseanfänger

Die Nr. 1 für den Leseerfolg

ISBN 978-3-7432-1790-4

ISBN 978-3-7432-1820-8

ISBN 978-3-7432-1819-2

ISBN 978-3-7432-1818-5

ISBN 978-3-7432-1730-0

ISBN 978-3-7432-1731-7

Loewe
Das will ich lesen!

3. Klasse

Leselöwen

Besser lesen

Die Nr. 1 für den Leseerfolg

ISBN 978-3-7432-1787-4

ISBN 978-3-7432-1817-8

ISBN 978-3-7432-1627-3

ISBN 978-3-7432-1745-4

ISBN 978-3-7432-1626-6

ISBN 978-3-7432-1438-5

Loewe

Das will ich lesen!

DRACHEN, MAGIE UND EIN GROSSES ABENTEUER!

ISBN 978-3-7432-1690-7

ISBN 978-3-7432-1735-5

Auf Drachen reiten, Kämpfen und Feuer speien – das alles lernen Kinder und Drachen in der Drachenschule Nebelsturm! Milan ist neu an diesem magischen Ort und ahnt, dass hier spannende Dinge auf ihn warten ...

Loewe
Das will ich lesen!